I fy merched annwyl, Sophie-May ac Evie-Jane.

To my two beautiful daughters, Sophie-May and Evie-Jane.

JGJ

d gyntaf yn 2012 gan Wasg Gomer, Llandysul, Ceredigion, SA44 4JL
www.gomer.co.uk

ISBN 978 1 84851 535 2

ⓗ y testun a'r lluniau: Jane Griffiths-Jones © 2012

Mae Jane Griffiths-Jones wedi datgan ei hawl dan Ddeddf Hawlfreintiau, Dyluniadau a
Phatentau 1988 i gael ei chydnabod fel awdur ac arlunydd y llyfr hwn.

Cedwir pob hawl. Ni chaniateir atgynhyrchu unrhyw ran o'r cyhoeddiad hwn, na'i gadw
mewn cyfundrefn adferadwy, na'i drosglwyddo mewn unrhyw ddull na thrwy unrhyw gyfrwng,
electronig, electrostatig, tâp magnetig, mecanyddol, ffotogopïo, recordio, nac fel arall, heb
ganiatâd ymlaen llaw gan y cyhoeddwyr.

Dymuna'r cyhoeddwyr gydnabod cymorth Cyngor Llyfrau Cymru.

Argraffwyd a rhwymwyd yng Nghymru gan Wasg Gomer, Llandysul, Ceredigion SA44 4JL

First published in 2012 by Gomer Press, Llandysul, Ceredigion, SA44 4JL
www.gomer.co.uk

ISBN 978 1 84851 535 2

Jane Griffiths-Jones asserts her moral right under the Copyright, Designs and Patents Act,
1988 to be identified as author of this work.

All rights reserved. No part of this book may be reproduced, stored in a retrieval system, or
transmitted in any form or by any means, electronic, electrostatic, magnetic tape, mechanical,
photocopying, recording or otherwise without permission in writing from the above publishers.

The publishers would like to acknowledge the support of the Welsh Books Council.

Printed and bound in Wales by Gomer Press, Llandysul, Ceredigion, SA44 4JL

Peta Pengwin

Peta Penguin

Jane Griffiths-Jones

Gomer

Bob bore ar ôl brecwast mae Peta Pengwin

wrth ei fodd yn canu . . . a . . . chwibanu . . .

Every morning after breakfast Peta Penguin sings . . . and . . . whistles . . .

yn plygu . . . ac ymestyn . . .

. . . then bends . . . and . . . stretches . . .

yn cosi . . . a chrafu cyn olwyn-droi . . .

itches . . . and . . . scratches before flipping off . . .

i chwarae gyda'i ffrindiau.

to play with his friends.

Ond un bore, doedd Peta ddim mor hapus ag arfer.

But one particular morning, Peta was not his usual happy self.

'Beth sy'n dy boeni di,
Peta bach?' holodd Mam.
'Dwyt ti ddim yn canu na
chwibanu bore 'ma.'

'What's the matter, little Peta?' asked Mum.
'You're not singing or whistling this morning.'

12

'A pham wyt ti'n crio, cyw?'

'And why are you crying, my little chick?'

13

'Mae 'ngwallt i dros y lle i gyd.

EDRYCH!' Dechreuodd grio.

'MAE MOR ANNIBEN!'

'My hair's sticking up.

LOOK AT IT!' He sniffled.

'IT'S A MESS!'

'O Peta, cariad. Paid â chrio,'
meddai Mam. 'Mae pawb yn cael
dyddiau gwallt gwyllt. Dere ac fe
ddangosa i i ti beth dw i'n ei wneud
pan fydd fy ngwallt i'n wyllt . . .'

'Oh my little Peta. Don't cry,' said Mum.
'You're just having a bad hair day.
Follow me and I'll show you what I do when I get a bad hair day.'

'I ddechrau, Peta, mae'n rhaid i ti
ei olchi yn y môr dyfnaf, fel hyn . . .'
sibrydodd.

'First of all, Peta, you must wash it in the deepest ocean,
like this . . .' she whispered.

'Wedyn, mae'n rhaid i ti ei sychu yn y gwyntoedd cryfaf, fel hyn . . .' gwaeddodd.

'And then, you must dry it in the strongest wind, like this . . .' she shouted.

19

'Ac yn olaf, mae'n rhaid i ti ei sythu
ar yr iâ caletaf, fel hyn,' eglurodd.

'And finally, you must straighten it on the hardest ice, like
this,' she explained.

'Dyna welliant,' meddyliodd Peta,
wrth ffit-ffatian ei ffordd 'nôl dros
yr iâ caletaf . . .

'That looks much better,' thought Peta and off he
waddled back over the hardest ice . . .

a 'nôl heibio'r môr dyfnaf . . .

back past the deepest ocean . . .

'nôl trwy'r gwyntoedd cryfaf . . .

back through the strongest wind . . .

cyn olwyn-droi . . .

before flipping off . . .

i chwarae gyda'i ffrindiau.

to play with his friends.

'Mae dy wallt di'n edrych yn smart iawn heddiw, Peta,' meddai ei ffrindiau. 'Beth wyt ti wedi'i wneud iddo?'

'We like your hair today, Peta,' said his friends. 'What have you done to it?'

29

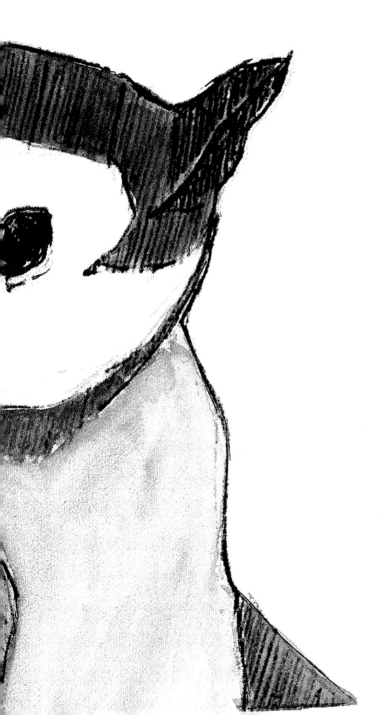

'Wel,' meddai gan wenu'n llydan.
'Dilynwch fi ac fe gewch chi weld!'

'Well!' he said smiling. 'Follow me and I'll show you!'